U0828410

我在自沙做馒头

另一只猫 著

华龄出版社
HUALING PRESS

有 态 度 的 阅 读

小马过河（天津）文化传播有限公司

目
录

我在我居住的古镇 假扮游客

我在白沙做馒头

阳光与诗　白沙的院子

每一家的院子　每一家的暖
每一家的阳光　溢出满满
我们仨　坐在红星公社的院子里
吃一碗重庆小面

仿佛这院子变成了一个大碗
阳光从碗里流淌出来
感觉我们吃的也不是小面了
而是一碗怎么也吃不完的阳光

而阳光照着我们的感觉
又觉得它不是像雪花纷纷扬扬
飘洒下来的那种
而是像瀑布一样直接从
万里蓝的天空倒进院子里来的

我们仨　吃着各自碗里的小面
又各自开心成一团阳光
幸福得就像院子里的那些沙发椅子
那些沙发　椅子　一年四季
任凭阳光在它们身上爬来爬去

2021 年 1 月 2 日

你是那本阿赫玛托娃的诗集

你是那本阿赫玛托娃的诗集
让我爱不释手

很担心
你返回的脚步稍稍放缓
白沙依旧年轻　而我
已经老得像白沙人家挂在
土墙上的那张兽皮

你是那本阿赫玛托娃的诗集
让我爱不释手

你一个标点　我一辈子的散文诗
你的额　是我驰骋千年
也跑不出的草原　你的扉页
那是我吻一辈子的心

2021 年 1 月 3 日

原谅我吧　姑娘

原谅我吧　姑娘　如果说
我的双手抱紧的是自己　那么
请不要说　你爱我　这没有用
虽然这样说会让冬天的河水
更加冰凉

我不能默不作声　装聋作哑
当我抬头仰望黎明前的天空
清冷的满月　我心底涌起的波浪
是因为我自身的污浊

当你变换着装束打扮得花枝招展
我眼里的美仅仅只是一把杂草
胜过郁金香的念想　原谅我吧　姑娘
请把我从你心底彻底抹去
就像倒掉一杯宿夜的咖啡

2021 年 1 月 9 日

丽江下雪了

有些想你
天空多愁善感
昨日晴朗
丽江下雪了
心乱如麻的雪花
胡乱的飞
无足轻重又
苍白无力
就像我对你表达的想念
任蛮横的风
随意摆布
你终将飞走
是否回来
雪花没有回答

2021 年 1 月 12 日

一棵树

一棵树
想念在他身上停留过的飞鸟

从他身上纷纷坠落的叶子
他并不感到痛心和惋惜
春天一来　花会开　叶会绿

而在他身上停留过的飞鸟
也许　这一生　再不回来

美好的东西短暂到令人悲伤
想念一个人　没有逻辑不讲科学
解方程　那是理工男的事

喜欢和想念　听从内心
抛弃违心的假话和甜言蜜语
非常想念那只飞鸟的
不是哭泣的鳄鱼
也不是狡猾的狐狸
而是　一棵树

2021 年 1 月 17 日

想念你的北方

我没有北方
包括一株小草　我也没有
北方的雪　飞不到南方的天空
北方的雨滴　落进长江
北方是北方人的北方
是诗人艾青的北方
是诗人多多闲置的土壤
也是诗人荒凉的疼痛
我是南方人　因为你　我想念北方
我想念有关北方的一切
包括雾霾和寒流　浪漫的北方人哟
我作为一匹野马　弄丢了草原
我照镜子　多么浅薄　无知又荒唐
可我多么希望　诗意的南方
能成为你的第二故乡

2021 年 1 月 19 日

你们是馒头店的光

致谢朋友们

你们是馒头店的光
南来北往　世界很大又很小
散落天涯又相聚白沙

月复月日复日
新的日子新的我们
馒头　像一块小小的磁铁
把我们紧紧相拥

感谢你们的善意和关照
希望这块小小的磁铁
慢慢生长　紧密结实而温暖
麦子的味道　历久弥坚

你看我们　笑得多甜
来自五湖四海　披着霞光
冬天的太阳　独宠丽江
左手馒头　心底的情怀

2021 年 1 月 26 日

听着朴树的《平凡的路》
想着远方的姑娘　春节
她要回家吗　如果被隔离

我是一个过去的人
深知　从前的火车
到不了今天的站台

约她来看书　有茶有酒
没有心情　不聊天　各自看书

我常常在一条时间的缝隙
寄出一封给深海的情书

几个月未联系的艺术家
宅在画室　她说还好
疫情是有点紧张　可她还好

藏地诗人阿树　我说：
“冤家路窄　我们又见面了”
阿树说：“老伙计　继续写哈”
我说：“命断笔停”

他竖起的大拇指

像长城牌汽车的车标

隔着屏幕　没有招展

2021年1月30日

你们看　忙碌的云朵
正从雪山之巅浩浩荡荡赶来
像极了文艺复兴时期
成群结队走来的大师们

一棵老树　一把大提琴
天才的想象引来天空的敬畏

一棵老树　一把大提琴
坚守爱和善的你才有的狂想

天空之下　谁在演奏这
凄美委婉沉郁神秘的旷世哀伤

大地之上　谁在倾诉这
三百多年前“音乐贵妇”的渴望

噢　亲爱的人　你可听见
一棵老树在暮年时的生命乐章

2021 年 2 月 1 日

你从高原的夜晚出发

你从高原的夜晚出发
背着吉他游玩的姑娘哟
一个俯冲　抵达热带雨林的腹地
双手合十的人们　沉沉睡去

饥饿的黑旋风　毫无逻辑地撒野
呼天抢地　撞在房屋上柿子树上
呜呜地叫　呜呜地叫

又不厌其烦地卷土重来
先头部队　集体砸在瓦屋顶上
把我从一个忧伤的梦中带走

北岛说："当呜咽的月亮
唱着古老的船歌　多么忧伤"

我想着高楼鳞次栉比的城市
那是你的家乡

2021 年 2 月 2 日

茶知道　你的名字是我手心的肉

用玉泉山的水

经你美丽的手指

煮一壶沸腾

请你多煮一会儿

再多煮一会儿

三五克普洱　放入碗中

数次冲泡之后　慢慢地　慢慢地

茶香　越过秦岭淮河

直扑大西南　飞天一般

我在群山之巅

踮起脚尖　从北方

吹来的风　都是

我的亲人

2021 年 2 月 4 日

我安慰了麦子

我开始流亡时
一粒麦子在河套平原长出新芽
我安慰了麦子
也安慰了生长麦子的土地
谁来安慰爱情　安慰爱情的人啊
可否把你的安慰延伸　延伸
那些孩子　那些孩子哟
一条完整的河流
有上游　中游和下游
北岛说：“我渴望在情人的眼睛里
度过每个宁静的黄昏”
那些孩子们
那些孩子们也一样

2021 年 2 月 5 日

给你的小诗　十月怀胎

快一年了吧
你看　我厚颜无耻的脸三十八丈宽
给你的小诗　十月怀胎
还好　此时此刻
我还能感受到你当时
陷进阳光里的调皮模样
有浪漫元素的姑娘是永远的孩子
在馒头店的门口
抢尽千年古镇的风头
眨眼的工夫　生出双翼
柔软的瑜伽身段
像云朵一般　秒秒钟　飘回苏杭
秒秒钟　像春天的燕子

2021 年 2 月 6 日

见字如面

我去猫的天空之城
被你千里之外的心跳撞个满怀
我几乎不敢确认
在那一瞬间　你会委托风
在我的脸颊留下唇痕
初见时　你露珠般清澈的双眸
温婉的脸　浅灰色长裙
一一显影　春天来了
卡片是燕子的羽毛
一张小小的卡片　你的浪漫
我把一切　也委托于它
见字如面

2021年2月10日

大年三十　我们去玉湖村送馒头

当车子快速穿过
两侧大片大片枯黄的草地
和汽车赛跑
朝着相反的方向
各自奔忙

快回去吧　荒凉的冬天
虽然你身体部分已经干枯
可春天一来　你的根系
还是勇敢地将你点燃

赶路的我们　也快走吧
虽然周遭尽是冬天的帮凶
只要我们冲出封锁
大地上
只有石头不会开花

2021 年 2 月 13 日

吞吞吐吐的是
我的秘密
一直没有完整说出口
诗人说：
“爱情是从墙上下来的”

我嫌墙不够高
最好像黄河之水
要说出一个巨大的心事
我爬上高坡朝向你
用震天响的胸腔
喊出你的名字

又怕山高水长
抵达你的心尖为时已晚
我请这高山之上浩荡
的长风　把我的
呼唤无限扩散

2021 年 2 月 16 日

飞鸟 草地 湖水

我愿是一只飞鸟
而飞鸟是否愿意是我
不敢问　也不想问
人类对自己失望
谁来拯救飞鸟

我愿是这片枯萎的草地
和草地下荒凉的土壤
气候怎样的恶劣
能奈我何

我愿是这一湖圣洁的泪
乌蒙山啊
谁在责怪你的贫瘠
让你如此委屈

呵　就算世界把我们遗忘
我们还有遥远的亲人
黑颈鹤啊
一年一次把我们探望

2021 年 2 月 18 日

你从一个城市的黄昏里来信

你从一个城市的黄昏里来信
将赶在冰雪消融之前
赴千里之外的北方都市安营扎寨
蜗居在某一幢高楼的某一格房间
春天的脚步在你的江南天堂
磨皮擦痒赖着不走
钢筋水泥的建筑和钢铁橡胶的汽车
你移动的房子抑或放大的外套
嗨　年轻人
你需要一片阳光和月亮
在顺丰快递开始忙碌的清晨
我会给你寄来一箩筐的露水　阳光
和黎明时来不及躲藏的月亮

2021 年 2 月 20 日

给邓楠

从北方

携一片月光

直奔丽江

随小红书闻香而来

因馒头遇见

三言两语

涉猎宽广如亚非陆地面积之和

喜啃食书本

勾画批注藏之若娇

年轻的血

一涌抵非洲　从中国港口

把船舶开上大地

直达安哥拉

相约来年　白沙古镇

用衡水老白干

下一场雨

2021 年 2 月 24 日

我愿意　我是那云层

我愿意　我是那云层
凌乱的　暗黑的　甚至是阴冷的
没有故乡　没有衣裳
失魂落魄又怎样
就算要我永在这漆黑的夜空
我都愿意　如果　你确定你是那月亮
你啊　如何躲藏　如何逃跑
我都把你包裹　我是不是　很自私
可我也永远柔软　永远不会把你伤
你逃跑的方式　像讲故事的爷爷
又像捉迷藏的孩子
就算你永生永世不属于我
只要你确定你是那月亮
我也不会羡慕大地上温暖的住所
我愿永远陪伴着你　在夜空
吹冷风

2021年2月26日

我爱你　与你无关
除了这副皮囊
我什么也没剩下

茨维塔耶娃说：
“我想和你一起生活
在某个小镇
共享无尽的黄昏
和绵绵不绝的钟声”

是该进山林拨动琴弦的时候了
就算这琴声
比山林还要寂静

或许这寂静的山林
并不介意
一根琴弦的吵闹
就算这琴声
比寂静的山林还要寂寥

你无比抽象　田野真实
思绪从门缝里飞走
“黑夜裹起天空
接受星星的悼念”

2021年2月27日

开学了

给女儿

开学了　心是孤独的云朵
从白日的梦中　飘飘荡荡
拐进城市的上空

从春天奔跑而来的孩子
像放飞的云雀
一群又一群　一群又一群
带着金属的光辉

把春天的光亮挠得咯咯发笑
叽叽喳喳的人的河流啊
如梦幻的海底　穿梭的鱼群

又似群飞的蝴蝶
忽聚忽散　在太阳的光里
我愿祈祷宇宙　只是
一座校园

2021 年 3 月 2 日

天空是你

你的眼中　浸透着陈年的
热泪　假如他归来
这忧伤的疼痛
是否就起身离开

自由的飞鸟啊
你有大地滋养　树上有巢
任你自由飞翔的天空
谁来给她一个拥抱

受累的人啊　他去了梦里
历史的风暴钻出的天坑
用爱填平

村庄高远　虎跳峡日夜咆哮
那是我的心跳
我是人
却流着牲畜一样的血
如猎豹飞奔

2021 年 3 月 3 日

弄一个院子　老娘喜欢就够了

几乎每一个新白沙人
都有院子情结　是风的寒凉
还是阳光的赤裸
问多情的云朵　问雪山的朝阳

弄一个院子　竟然需要理由
去她娘的
请把城市的逻辑还给城市

这里是比城市还要久远的街子
弄一个院子　看雪山飘雪
听福国寺诵经　伴月光爬墙

如果这些还不够　那么　我问你
没有院子　这么多猫这么多狗
它们在哪里晒太阳

2021 年 3 月 4 日

无题

美好　往往是不幸的征兆

甚至　刚刚露出嫩芽

诗人们就要预备着祭奠

2021 年 3 月 19 日

白沙啊白沙

白沙啊白沙
你属于谁　我不知道
我只知道　如果你愿意
我将永远属于你

以至于有人怀疑我
出生在白沙
又至今从未走出过白沙
周边一公里
不然凭什么一直
迷恋
一个巴掌大的地方

其实　我哪有福气出生在白沙
幸好我来得不算太迟
我来做奴隶了
做我自己的奴隶
而你　在别处
却不是自己的主人

是啊　我曾写过
“十里白沙君忘返　千年古都我醉雪”
的诗句
我愿一生只知道白沙
这个巴掌大的地方

2021 年 3 月 20 日

油菜花啊
你就自由地开吧
再无炮火在你身旁炸响

还是这片土地
而天空自由翱翔的
除了飞鸟
还有雄鹰一样
的铁鸟

高高的太空
除了浪漫的星河
还有　还有
很多很多的　星

它们
是一百多年前的少年
手中放飞的　萤火虫
它们　从大地上
升起来了

油菜花啊

你就自由地开吧

开吧　开吧

尽情地　开吧

2021 年 3 月 22 日

门外有人挑帘

门外有人挑帘
一团面被搁浅在案
趁主人撩开双手
饥渴的空气偷喝了它的水
如刚捞上岸的鱼
在陆地上慢慢干裂

门外有人挑帘
一粒米被瞬间煮熟
心底偷偷默诵的名字
被时空悄悄传递
山前山后的人啊
高高的山冈是
尚未打磨的穿心箭

门外有人挑帘
只一眼
被实证的第六感
一棵小树引发的风暴
用尽半生老辣
才能勉强假装
若无其事

2021 年 3 月 24 日

一个纪念日

三月二十六
年轻人和老年人
中国人瑞典人
海子二十五岁
象征主义大师八十四岁
他们都选择了
这个日子

大师的蓝房子
在斯德哥尔摩附近的小岛上
北岛的散文与诗
并驾齐驱

诗人李笠翻译了他
天才的语言
我一辈子的粮食

年轻人的归宿
在铁轨上
枕木下面零乱的石子
受惊吓的文字

西川他们去了现场

兄弟之情
朋友之谊人间至上

回忆残忍
雾霾中的物体
我的记忆

火车的力量
仅限于摧毁有形的存在
那些诗行
被后来者模仿

2021 年 3 月 26 日

四月 四个姑娘一首诗

超级水珠的四个姑娘
青春的美　四月的风
带着洋流的暖
掉进高原的黄昏
在麦香迷漫的馒头店里
没有翅膀的笑声
滚落地板的童年
我们在普希金的传奇里散步
我们在叶芝的情史里唏嘘
我们一起亲手
打碎今晚的灯火
那个朦胧派的诗人啊
你让一个姑娘
在溢满喜感的时光里
闻见忧伤的味道

2021 年 4 月 3 日

灰烬

灰烬　植物的骨灰
生命的意义　耗尽一生

火焰　另一种蚕丝
黑白键上的乐章
贝多芬的《命运交响曲》

假如你　是一个画家
如果你的笔
不会跳舞　也不会流泪
那么　学习火焰

如果你　看着柴火的燃烧不会流泪
你　肯定不是一个诗人

假如你　是一名诗人
剥开你语言的外壳
没有内核　那么　学习灰烬

我必须看见
乌云密布之上的碧空
漆黑暗夜包裹下的
星罗棋布

2023 年 4 月 4 日

醉夜狂徒

千桌万宴早散席　一波三折
奔滇西　静默雪山孤高寂
金沙狂吼拍崖壁

天才苏东坡　一蓑烟雨
李清照　颠沛流离　凄凄惨惨戚戚
少陵野老《石壕吏》

醉李白　糊里糊涂陷囹圄
痴李煜　一江春水东流去
精忠岳飞　仰天长啸

辛弃疾　挑灯看剑血泪滴
大漠孤烟霍去病　英年早逝
汉武大帝　照样老去

成吉思汗　弯弓无用
一代枭雄东临碣石　未称帝
但悲不见九州同　陆放翁遗憾离世
诗佛王维　枯坐看云起

哀诸葛　出师未捷身先死
有孔无明　神机妙算刘伯温
星夜兼程保性命

绝世书家颜真卿
七十六岁　跳火坑
文天祥　珠江口外零丁洋

司马迁忍宫刑之辱　史笔如炬
曹雪芹　悼红轩中成泪人
罢　罢　罢　停　停　停
醉夜走笔　脱缰野马
任君笑我浅薄无知
叹只叹　自古天不遂人愿

2021 年 4 月 5 日

三个孩子　三个春天

三个孩子　三个春天
黑夜的灯盏　被风丝丝抽着
地上的花朵　被雨过度地浇灌

三行人间的赞美诗啊
透着轻微的疼痛

乖乖　我心爱的孩子
今夜　你们燃着橘黄的光亮
你们诉说着自己的模样

乖乖　我心爱的孩子
风停了　雨走了　诗歌的光芒
越过遥远的山高水长
破碎的冬天遗失在火星上

2021 年 4 月 6 日

关于爱情关于诗

从“关关雎鸠”到徐志摩
一个转身　三千年　一个打盹
改朝换代　多少轮回

留下一堆爱情诗
慢慢腐烂　变质　一寸寸
一点点　面目全非

万岁的皇帝　灰飞烟灭
假如有一天　没有了太阳
爱情之光　照耀人间

高山与大海　星移斗转
海未枯　石未烂　亿万年
不惜代价　位置互换

诗人废名说：“我认得人类的寂寞”
爱情　寂寞的良药

2021 年 4 月 7 日

十日下午三时 欢迎围观

十日下午三时　古城　三联书店
馒头哥陪你们　吃着馒头聊着诗

平凡人的故事　土地上的庄稼
败军之将的经验教训　吹糠见米

听一片秋天的树叶
如何痴心妄想改变风的方向

看一双揉面的双手
用一个指头　击穿大地的心脏

问一个内心超级不正经的糟粕诗人
到底要做到什么时候

2021 年 4 月 8 日

在路上

滇藏线　滇藏线　风雪迷漫

道路啊　你左弯右滑

谁把你灌醉如此

兄弟　请把孤独的酒杯　举过山顶

来　干了这杯苍天的泪

谁畏惧严寒　谁就是孙子

2021 年 4 月 13 日

四月残忍

你在受着怎样的煎熬
跌落山谷的雄鹰

奔忙了半生的脚步
那不是歇脚的地方

我们何苦来走这一遭啊
画一个虚幻的圆

还是那句话：
“人类不是渺小　是悲惨”

我一想念着你的方向
便是滴血的此刻

2021 年 4 月 14 日

夜晚
我是梦的一颗棋子
在昙花一现的虚幻里
写着宿命的诗
荒唐至极

白天
你是暮春的细雨
给粗糙的时空　续命

你是甜心　至柔至真
给苦涩的咖啡　加糖
抚我荒凉

而咖啡香气正浓
我们　已相隔千里
互道晚安

2021 年 4 月 20 日

暮春　韩京桐让我改诗

在程海湖边
夏天已经安营扎寨
我是迟到的旅人
热情的风　诱惑温柔的水波
向着种满玫瑰的山坡
伸出甜蜜的舌头
一遍又一遍
我喜欢这痴心妄想的执着
春天早已饱满丰盈
爱情并非两手空空
玫瑰公主的大地
觅食的鸟儿　对对双双

2021 年 4 月 23 日

谁说老天不会关窗

谁说老天不会关窗
竟让他在煎熬的征途中
耳聋目盲

程海湖边短暂的黄昏
是我千日以来最温柔的父亲

我亲吻植物根部的土壤
而玫瑰很忙

是谁匆匆赶走高冈的夕阳
又把黎明抛进地老天荒

诗人啊
请把“厚道”二字埋进天堂

2021 年 4 月 25 日

如果

如果跪求有用
我愿做万仞绝壁之上
的一块石头

如果哭喊有应
珠峰恳请
重回海洋的子宫

如果可以重来
我愿自始至终孑然一身
愧疚的折磨
是一种病

2021 年 4 月 29 日

酒色之徒　为爱痴狂
诗歌是信仰　馒头是命
出家　不是没有可能

我会思考智者们的背影
将一团团云朵挖一个个窟窿
借助天光
探索诗歌的奥义

可惜白沙啊
有时　连饮用水也那么节省
瘦如老马　细如抽丝
不够做半个馒头

我只好　抓一把阳光
揉成诗　卖给客人

2021 年 4 月 30 日

在白沙

在白沙
抓一把阳光　做成诗
送给客人

在白沙
扯片片云朵　缝一袭白裙
让你成仙

在白沙
接一捧雨水　为你洗净
来自城市的喧嚣

傍晚　带你夜穿山林
呼啸夜空

夜深了
我取出窖藏的雪
说着那些诗人的闲话
陪你煮茶

2021 年 5 月 2 日

我爱你日复一日的精彩

我爱你日复一日的精彩
好久不见

昨晚一见　见你复苏的春天
见你抽芽的绿
见你暗夜里的晴朗

我们　好久不见
昨晚一见
我看见一颗种子由内而外的裂变

在干燥的季节
我看见了夏天的雨水
成群结队赶来

2021 年 5 月 3 日

无题

农村不易
一大早起床进城修手机
平凡而小众的牌子
脚底的泥

我知道　这世间
绝大多数的人
在夜晚　没有玫瑰

我做了什么
种下太阳
收获黑夜

就算我是飞得最快的鸽子
依然难以逃离

2021 年 5 月 6 日

旅人

谁的村庄谁的故乡
养育旅人的土壤
你在何方

以梦为马的诗人　上九天揽月
你在灯下
读着他天才的诗章
一碗酒　心飞扬

再见吧　亲爱的姑娘
你的家在宁波港

从遥远的西伯利亚归来的少女
眼底装满贝加尔湖
的荒凉

再见吧　亲爱的姑娘
云朵般的心肠
你还是回到羊城护佑你的亲娘

少年的朗读　带着烟嗓

“和所有以梦为马的诗人一样
我借此火得度一生的茫茫黑夜”

2021年5月7日

那一秒

不知道为什么
一切都在瞬间爆发
像雪崩
人力无法收拾
第一眼开始
你颠覆了我以前全部的印象
迷人的笑容遮蔽了
正午的晴朗
有谁见过十万个月亮高挂夜空
仿佛痴迷了几个世纪
的珍宝
从天而降

2021 年 5 月 10 日

我梦见了你
我的　父亲般的人
你是国王
又是凡人
用尽半生　热忱光明
却被黑夜掳走

“金无足赤”
流氓却要求你
做完人

我梦见了你
我的　太阳般的你啊
乌云背后的光
高贵的谦卑
在梦里
闪闪发亮

地上的爬虫
攀上一根枯树桩
便趾高气扬

你啊

错来了人间

播种在凡尘的爱

胜过仙界

2021 年 5 月 11 日

我把长空的哀歌唱给你听
仿佛你能听见

我要唱七七四十九天
甚至　唱十七年
因为　这是你短暂的一生

没有音乐照样跳舞的人
谁蒙住了她的眼睛

一步一个脚印的劳动者
谁剥夺了你自由行走的权利

雨水把平凡人的足迹
哭成汪洋　一条鱼自杀

2021 年 5 月 12 日

无题

每个夜晚
当太阳寂寞时
它就想起
白天的炽热

每个白天
当月亮隐退时
它就想起
夜晚的光亮

其实
白天如此喧闹　谁寂寞
谁就是
真正的寂寞

夜晚的光亮
其实是
多余的微光

2021 年 5 月 14 日

初见

初见如你

你　定格的初见

生命中

陌生和遥远

一枚如意表面的灰尘

美洲的蝴蝶

斑斓的色彩比花豹更胜一筹

第一眼的烙印

如远走的皇帝盖在

《兰亭序》上的印

耀眼的温暖

奔腾呼啸的大江大河

留给山川大地

一别　山高水长

愿若千年

日月依然同天

2021 年 5 月 17 日

到彼岸去
从古老出发
在安静的缝隙里
在摇摇欲坠的时空
共振的力量
不得不小心为妙
怕惊动了
那一枚明月
星星被追赶
像海底奔涌的鱼群
鲨鱼的大嘴巴
本能的欲望
与生俱来的天性
一对蟋蟀　升空的火箭
呼喊的痛快
战栗与颤抖
眩晕着飞向天际
到火星上去
在花苞打开的刹那
灰飞烟灭

2021 年 5 月 18 日

夜晚是条变色龙

当你匍匐在风的胸膛
随夜晚潜入村庄
我苟且在异乡的魂魄
正伏在普希金
一个金币一个字的诗行
但是啊　我的至亲
迎风站在流血的石头旁
一块滴血的石头呀
诉说着屈原的过往
夜晚是条变色龙
忽明忽暗　悲喜交集

2021 年 5 月 19 日

你的脚每天在我心尖打卡

你的脚每天在我心尖打卡
美丽的疼痛美丽的童话
只有受过伤的人才会写出
诗的第二行

你的脚每天在我心尖打卡
千里迢迢人海茫茫
我这多余的关心要怎样
才能抵达你的心房

你的脚每天在我心尖打卡
宇宙不过只是一粒沙
而你的脚每天在我心尖打卡
你说你的脚已经拆了支架

你的疼痛是否美丽
写诗的人是一个疯子
今天是五月份的第二十天
你的脚在我心尖继续打卡
你的脚已经拆了支架

2021 年 5 月 21 日

白衬衣　蓝色牛仔裤

白衬衣　蓝色牛仔裤
如此平凡　又如此洗练
宋朝人的画　玉湖的水
极简　纯净　超脱
静立　似山冈独树　碧海孤帆
转身　高天流云　月光飘洒
白衬衣　蓝色牛仔裤
如此平凡　又如此洗练
灿烂之后的平淡
盖过灿烂本身

2021 年 5 月 22 日

雨中长沙

雨停在空中
等人群奔涌

雨停在伞上
等灵车缓行

喇叭声停在风里
让悲伤有伴

谁忍见
一个九十高龄的老人
还坚持下田
不是他
吃不饱饭

2021 年 5 月 23 日

月亮是我的伤口

有谁比月亮更孤独
更不被理解
在她伤心落泪的时候
人们总是加倍围观
并指指点点

我们眼里的星光灿烂
那是她破碎的心
我们眼里漆黑的夜晚
你是否知道她在
承受着怎样的迫害

我心上的月亮啊
我不要你
只出现在偶尔的梦里
我心上的月亮啊
这是我对你进行的
又一层加害吗

这并非情诗的诗行
比月亮更不被人理解

2021 年 5 月 24 日

忏悔

围墙外面的风
翻山越岭的信鸽
从河流出发
受到高坡　沟沟坎坎
森林的层层阻碍
一路颠沛流离
听说他们是装在套子里的人
手握鸡毛令箭
风声鹤唳啊
我亲吻经过你的空气
侧耳墙壁的心跳
我愿化作无形
然后　悄无声息地
把自己散落在你周围的
田间地头　远远地
又无处不在地
陪着你

2021 年 5 月 25 日

夜晚

夜晚
心情是咬舌自尽的石头
城市的疯狗又间歇性发作
狂吠声沿铁轨狂飙
撕咬着森林的衣裳

耳朵是酒鬼的性奴
铁路　出卖灵魂的叛徒
这个世界已无半寸安宁
枪炮雷达导弹和大炮

岩石上那捧干净的雨水
乌鸦并没有将它污染
高谈阔论的政客　才是
把世界搅成一锅粥
的推手

2021 年 5 月 27 日

眼见那采摘玫瑰花瓣的手
我愿变成一只小背篓
趴在少妇的脊背上
做她的孩子

诗人回到了少年
没有母亲的孩子都是孤儿
那些很老的父亲
也是

想象的张力撕开经纬交织的网
我化身一只虫子
在一片花瓣上巧度一生

第一次听见
土壤哭泣的声响

2021 年 5 月 29 日

边屯　程海　玫瑰

我不种玫瑰
因为
没有土壤

我种不过远去的祖先
明洪武年间
永胜
农耕文明的巅峰

我身躯瘦弱
一万个我
卷在一滴水里

边屯文化的一颗尘土
肥沃程海两岸
喂养十万个我

可是　我鬼使神差地
接过农耕文明
的衣钵

古人在海底
玫瑰在岸上

2021 年 5 月 30 日

蒸箱的一天开始了

小小蒸箱
强大气场
吹散繁星
吹落月亮
把太阳赶上山冈
嗨
让我猜猜
你今天在等谁来
第一个吻你
猜对了
你就让太阳下山
可好

2021年5月31日

因为玫瑰馒头

相聚是分别的序幕
玫瑰转身
馒头的孤单显而易见

灵与肉分离的躯体
做不出一个完整的馒头

浪漫的玫瑰庄园美丽忧伤
日月星辰操碎的心
幻化成滋润花朵的雨滴

如此浓稠甜蜜的芳香
在湿热的土地上空
形成一个玫瑰花酿的王国

玫瑰是馒头的魂
以身许诗的人　自作多情
把满满的诗意藏进
每一片花瓣

2021 年 6 月 1 日

在哪里

在哪里
可以见到你
我将奔赴

星空笑盈盈
我就不想告诉你

受伤的馒头
把浮肿的左手
高高举起

好一个活该
偷走我欢喜

“哎　爱情呀
一去不回头”

在这里
我还是在这里

风儿轻轻吹
它会告诉你

2021年6月5日

马蹄声声　风雨昏昏

有感于艺术家徐柏林先生　古道风景油画写生作品

时间陈旧如槁木
光影斑驳残破如此
一条老路　雨打
风吹了多少个春秋

马蹄声声风雨昏昏
脚印刻成石头的裂纹
道路的尽头
伸进大海的子宫

画家哟
在你的思想里
熟烂在地上的光阴
是否再也无法拾起

雨水煮大地肝肠做画笔
你是时间的慈父吗
还是在祭奠我们
不经花的一生

2021 年 6 月 8 日

恰似音乐和流水般柔软
两颗心　如孪生
星空下凡　梦境迷人

双向奔赴的爱
十万颗石头
同时开出的花朵

大提琴的悠扬
梦醒前的黎明

如果诗人死后　会去梦里
我愿意
吐出所有的今生

2021 年 6 月 10 日

让我坐你身旁

写在白沙善哉客栈　厨房对外开放之际

让我坐你身旁
把酒杯斟满
让时光之鸟收拢翅膀
让思绪之河
尽情流淌
在半醉的霞光里
我和你
窃窃私语
管家　请再温一壶酒
既然逗留如此开心
就让我们
在高高的塔楼上
看暮色苍茫

2021 年 6 月 18 日

爱情 我们忘了你的神圣

写给《爱在丽江·中国七夕情诗会》

1

爱情 我们忘了你的神圣
大家都把你忘了
忘了很久 很久
幸好 没有忘得一干二净

幸好 终于有人把你想起
在你被彻底埋葬之前
因为你出身的平凡与高贵
就像食物和空气

幸好 终于有人把你想起
那么多人 把你召集
可是人们哪里知道
你根本不理 你哪儿也不去
其实你 无处不在

2

这么些年 人们丑化你
溅你一身污泥
随意给你改名换姓

什么房子　什么车子　什么票子
哎　那么多人利用你
也有人　呼天抢地得不到你

幸好　终于有人把你想起
聚集在这人间天堂　丽江
没有你　人类会亡
我们会死　失魂落魄的死
死不瞑目的亡

那么多人　那么多人　把你召集
你根本不理　你好睿智
他（她）们哪里是想你
他（她）们分明又想利用你

3

诗人们咬紧牙关铆足劲
颂扬你的神圣欺负你的好脾气
赚取佣金　玩爱情游戏

那么多碳素笔　那么多双手
对着汉字　词语　稿纸　苦思冥想

他（她）们哪里知道
真正的爱情　不需要笔和纸

爱情　我们对不起你
我们都忘了你的平凡与高贵
就像食物和空气　幸好
就算七月　八月　九月都忘了你
《十月》和丽江把你放心里

2021 年 6 月 18 日

亲吻土地的心　如风奔涌
满山遍野　无论贫瘠肥沃

高高耸立的　座座大山
天空下沉默的父亲

“这座山
哪怕只有牛粪那么大
也值得跪拜
因为这是我们的土地”

何况这雄奇俊美的山川
承载着几十万人的福祉

在正午焦灼的太阳里
我快递着手腕骨裂的缝隙

一个小时车程后的终点

多么希望　未曾谋面的
医生是一位神仙

2021年6月21日

我的玫瑰我的海

写给花神

沐浴

更衣

动身前往

祥瑞之地

仙界花

一夜之间

辛苦下凡

天之泪

万亿年积攒

人间海

天上大风

吹呀吹

海边玫瑰

开呀开

2021 年 6 月 23 日

我愿是一棵桉树

我愿是一棵树
一棵生长在
永胜县城东面山坡的桉树
除了知了
谁也不能到达
我的顶端
我的身躯笔直
一生平顺
几乎不走岔路
认准了向上的心
就风雨兼程
此刻
我是桉树林脚下沟渠
的一部分

2021 年 6 月 24 日

没有翅膀

随一朵云远走高飞
随一滴雨砸回大地

随雨水流向河流
在岔道口
湿了路人的鞋底

和一只蝴蝶合谋
飞进庄周的梦
风偷走了夜晚的灯盏

没有翅膀
随一朵云远走高飞
随一滴雨砸回大地

没有翅膀　白天成人
夜晚孩子

2021 年 6 月 29 日

无题

当我和雨水一起奔赴山海
来到你的高原
你冰雪覆盖的世界
何时消融

现在回头只爱自然
时间只是一个虚无的存在
早和晚又是个什么概念

人类的智慧就像我们
与生俱来的生理缺陷

后山的野花妖艳地开
一步之遥　遥不可及

我在冷雨滂沱的淋漓里
读着“二战”的文字
我的愚蠢弄脏河流的身子

2021年7月1日

等待

流放地发出邀请

陌生的号码

一组混搭的阿拉伯数字

不对等的双方

没有丝毫吉祥的卦象

等秘密的红色座机

刺耳的尖叫

脑袋像一床被胡乱撕扯的棉絮

遥远的沙皇走了

苦难的十二月党人死了

高加索　烈烈如君

我天才的莱蒙托夫啊

岁月长河波波翻滚

疲惫而伤感的人

寂寂如风

2021 年 7 月 4 日

无题

到站了
半车荒唐梦
卸载一空

火车的尾巴
把旅人连同灰尘
摆进站台

两根血管的脉搏
在同一粒尘埃上跳动

在邻居的土地上
兵荒马乱

穿透岁月的
是岁月
读懂人生真谛的
是谎言

每一个人
都是一个独立的
小宇宙

那些著书立说的人
夸大了
自己的头脑

2021 年 7 月 7 日

小诗二首

1

一只虫子
熬过暗夜熬白夜
辛丑无春
流年不利

2

一只知了的鸣叫
需要多少年
才能和其它知了的鸣叫
意外重合

2021 年 7 月 10 日

打开心扉
我要见到光亮

那个最大的王
飞了

最美的情郎
耗尽一生

孤独者的光辉
一路燃烧

星空灿烂
犯错的光芒

青海没有湖

2021 年 7 月 14 日

夜雨送别

从黑夜里舀出
星空的你　用弯弓
射出火把之箭

从黄土高原
摇橹而来
行船在巍峨之巅

从风吹雨滴
的滑落里
看见儿子的成长

开弓没有回头箭
划出的桨要
有归期

兄弟明天要远走
今夜
没有酒

2021 年 7 月 16 日

想念

再致韩永奇

雨一直下
天空还没有完全放下
为了谁
一年哭一回
一哭一个夏

他回去了
他又来了
从西北一直南下
我比他的谁
还要牵挂
说我记不住人
像他这样智慧谦卑的凡人
给我十万个春天
也休想换下

2021年7月17日

哦　最挚爱的人
当朝霞初升
您是否能够闻到大地
被沐浴的温暖

当夜晚降临
您是否能够感知到
长者　父亲般
的爱意

“亲爱的孩子
你终于卸下人生的重担
来　好好休息
这是老天对你的眷顾
你操劳了半生”

哦　最挚爱的人
我向您汇报
我心仪的
那个好姑娘
昨天早上　坐在晨光里
淡淡的愁绪

2021 年 8 月 1 日

问天

从鸣音镇看玉龙雪山

十三个孩子仰望苍天
苍天哪里知道
你们究竟下凡了多少年
来到人间亿万年
为何只有天空才是岸

2021 年 8 月 4 日

我在凌晨醒来

我在凌晨醒来
读了好多诗句
唯独你简单的留言
我眼底的海

深夜寂静的古镇
牌楼落满灰尘的屋檐
让它们
去心如止水

你的身上
流淌着我的眼睛
你的一个微笑
都会让我的心底
排山倒海

2021 年 8 月 7 日

血和泪

可曾见过强者的泪
如奔涌的岩浆
火红而炽热　高达千度

比凡夫的骨髓还要珍贵
在四壁无崖的角落
俯卧的虎

可曾记得母亲的泪
那是透明的血
是母亲的命　一滴一岁

可曾记得爱人的泪
那是绝望的血
一滴千里　泪尽心死

可曾见过大地的血
浊浪排空的洪水
天之恨　忍无可忍

2021 年 8 月 12 日

我们去膜拜那些故去的诗人

我们去膜拜那些故去的诗人
他们的灵魂　肉身和骨血
安放在一个远去的粮仓
沙溪是一件宽大的旧棉袄
当我的手在它的旧时光里
触摸到狄金森的屋子
太幸福了　就像今天上午
我从你的手里接过食物
你瞧　我这几行破旧的文字
原本是献给先锋沙溪白族
书局的诗句
可偏偏　走到哪里都是你

2021 年 8 月 14 日

“我将在一首诗里记录”　你来过
未来　属于未来　当下永恒
于坚说：“雨果写诗　握着鹅毛笔”
谁在写诗　握住你的手
这个　我特别在意
我们　曾经停留　互致温情眼眸
明天　大家都得赶路　时间的洪流
浩浩汤汤　你我都只是一片羽毛
我来人间一趟　如果你
吃过我做的馒头　这就足够

2021 年 8 月 15 日

画家或诗人

她的心在纸上铺展
黑白分明
十万朵水墨横无际涯
不会因为太阳升起而无常
也不会因为
黑夜来临而暗淡
缪斯的宠儿啊
因为绘画弄丢了光阴
是的　在激情澎湃的时刻
上帝递给她画笔
又给了她诗行
她要怎样地记录当下
个人啊　就像这个时代
伟大的贫弱

2021 年 8 月 16 日

致我们

伟大的四点钟
在凌晨彩排

一个人的灯火辉煌
两个人的风暴

谁知道呢
这或许是一个
非凡的开端

我的朋友
请用你的双手
用你的镜头　记录下
我们的时间

人世荒唐又美妙
嘴上的诗歌和哲学
太肤浅

2021 年 8 月 17 日

纯洁之鹿

“在清晨的山冈上
你看到公鹿和母鹿站在那里
脚下的露珠闪闪发光”
——题记

纯洁之鹿　是你
在鲍尔吉·原野的笔下
非人间尤物
轻唤你的名字　轻唤你的名字
一直　一直
一直持续下去
可否
问你　问自己

我们如此近距离
你笑语盈盈
那一双长腿　那一双长腿
一跃　横跨日月
轻抬手臂　搅动星河

那么多人　那么多人

唯你　唯你

在独处的时候

充满了迷人的忧郁

2021年8月21日

一只蜜蜂溺亡在深海

如你一样
月亮不能再圆了
天空亦如此
再蓝太虚幻

在一个倒满可乐的碗里
一只蜜蜂从高处坠落
无边的深渊　死亡的战场
只剩“毁灭的时间”

长翅膀的昆虫哟
你为何要体会我
荒凉在茫茫人海

“某日　我寻找光
疲惫的太阳落向西方”

心爱的你啊　当我浪荡人海
你是否已经将我遗忘

今夜　莫名其妙的悲伤
“生命在消逝　才华如白纸”

2021 年 8 月 22 日

无所适从

真正的无所适从
每一个细胞都被动员起来
一座微型的核反应堆
正在裂变的当口

假如天空被临时关闭
所有的飞鸟都将跌落在
黑色大地　写诗的人
弄丢房间的钥匙

谁在初秋的夜晚　排放
深冬的寒凉　幸好　云朵温柔
黑夜茫茫　我一呼唤
你的名字　星星就亮了
抚摸着你的回信
沉沉睡去

2021年8月23日

无题

黑夜能终止一切吗
白天也未必能照亮每一个人
历史书上说太阳的光里没有阴影
自然科学书上说
耀眼的太阳也有黑斑
难道阴影里的都不配是人
噢　土地里的棉花多么柔软
狗嘴里的叫声尖利刺耳
透过沉沉的暗色的雨幕和潮湿
头顶的夜空黑得一塌糊涂
像极了这清白的人间
唯有不知疲倦和悲喜的流水
借助河沟地势的高低来
炫耀自己一边倒的势利
谁说水往高处流
那一定是醉酒后智者的良心

2021年8月25日

喜欢你　就是喜欢在喜欢你之前的样子

喜欢你　就是喜欢
在喜欢你之前的样子
不要为你爱的人
或爱你的人　弄丢自己
你的美　那是因为你
触摸苍穹的手
搅动沉睡的星河
谁在旷野凝视天边月亮
谁在夜里轻抚竖琴
心心念念的人啊
今夜　这独一无二的温情
如你　只有你
除了你　谁也不配

2021 年 8 月 30 日

黄金般的夜晚

天空拉开黎明的
帷幕之时
你温顺地躺在黑暗中

身体从迷糊中慢慢苏醒
如书桌上那盏台灯
柔和的光里伸懒腰的猫

巨大的温柔之美
展示在眼前
乖巧柔软如我爱你的心

在这黄金般的夜晚
一朵棉花对我的震撼
赛过高耸入云的千万大山

今夜　你是我的美臀皇后
今夜　我把你的名字
呢喃进我的骨血

今后　如果你肯让我牵挂
那将是我今生
最大的造化

2021 年 9 月 3 日

我与街道上的积水并无二致

我与街道上的积水并无二致
生活的史诗
还得由柴米油盐来书写
诗人看着心爱的姑娘互道晚安
在白露为霜的夜晚
在昏暗的街道上
我无法像伦勃朗那样厚重沉稳
更无法像卡拉瓦乔一样
任你怎样的黑暗
耀眼的光芒穿透一切
我说过
我与街道上的积水并无二致

2021 年 9 月 7 日

大雨挤满街道

大雨挤满街道
没有人的容身之地
天空的情绪也会突然崩溃
今天超级悲伤
多愁善感的人
总有莫名其妙的矫情
心在煎熬
一碗酒渐渐老去
寡淡无味的雨水一阵紧似一阵
我不要看不见的未来
下一个世纪
下一道门
谁是谁的前世今生
谁是谁的生老
病死

2021 年 9 月 8 日

让人泪目
又让人心安
艰难又舒暖

日常相守之爱
胜于
奔腾呼啸之河

相濡以沫之情
可抵
山河岁月气象万千

娓娓道来之语
羞垮千锤百炼
万仞之坚

一条活蹦乱跳的鱼
闲适在
盆水之间

“狂傲”之才　巍巍昆仑
“尽得风流”

风雨大地　天上人间
终归
寂静之海

2021 年 9 月 12 日

给 Zhou Zhou 的信

Zhou Zhou

我又犯病了

悲伤得不行

活脱脱一个林黛玉小心眼的性情

恶心到你了

对不起

像极了一个小妇人

只会哭泣

我已经足斤足两地卑微到底了

张爱玲的尘埃

开不出花来

何况

我连尘埃也没有

很担心

自己和一具行尸走肉越走越近

没有半点

精气神

我的镜片在蒙灰

心在蒙尘

2021 年 9 月 13 日

在灯火通明的城堡

在灯火通明的城堡
在清冷的月光
无力照进的温暖
在觥筹交错的喧闹声中
我分明听见你轻声的呼唤
多么熟悉　多么悦耳

当耳朵和心跳一起共振
眼睛是多余的器官
屏住呼吸　越过山川高原的障碍
你可听见海底单细胞生物
为争夺食物
而发动的战乱

正如在黄昏的林中
任昆虫杂鸟撒欢乱叫
只要心和耳朵一起联手
定能听见地表深处
暗河流动的声响

2021 年 9 月 16 日

我把梦和夜晚混淆

我把梦和夜晚混淆　白天的欢乐
沾了夜露　一半温暖　一半寒凉
俗人的寂寞与梵高的孤独并肩同行
太阳雨的天气　植物喜欢
要么柔情而死　要么披甲而亡
我痛恨被阉割的人和事
“罂粟芬芳”　来吧
做坦荡又热烈的太阳
把所爱的大地　吻到忧伤

2021年9月17日

稍显慌乱与羞涩
诉说着她鲜衣怒马的工作
（至少在外人看来是这样）
工作　工作　疲惫　疲惫
直到　疲于奔命　那些人
那些事　到底是怎么回事
没有　没有　什么都没有
领导的工作　就是折腾　折腾
折腾人　折腾事　折腾到事无巨细
正常　正常　一切正常
领导控制着你可怜的钱粮
委屈　委屈　真心委屈
忧伤　忧伤　倾听者的忧伤
她说　不许同情
诗人的笔　挤出一滴血

2021 年 9 月 18 日

黑夜向村庄走来

黑夜向村庄走来
村庄慢慢下沉

黑夜向城市走来
城市的灯火与之抗争

黑夜向一群人走来
一群人丢盔弃甲
四散溃逃

黑夜向我走来
我走向黎明

2021 年 9 月 26 日

文海的雨

文海的雨　从雪山顶开始
更高的天空往下倾倒灰色纱幕
慢慢下来　突然加快脚步
在文海的水面上快速飞奔
像万千只会轻功的鸟
收起它们的翅膀
压着水面蜻蜓点水般向前追赶
露易丝·格丽克的诗集
被我们早早保护起来
妖精和子菲在尖叫
我的眼睛沉默在水里
此刻　谁说太平洋更大
谁就渺小　十万个太平洋
也装不下人类一半的悲伤
“太阳在群山背后下沉
大地变冷”

2021 年 9 月 29 日

小岛家

种满向日葵的土地
把小岛家的阁楼抬高

你坐在二楼
你就是这片土地的王

雪峰　田野　山峦
你坐在这里
再要什么都是多余

清空你的心　正如子菲所说
当你置身森林　身体与
自然要会同频共振

洛尔迦说：“船在海上　马在山中”
小岛家六点半要打烊了
鸟在山的背面

2021年9月30日

天使吻过咖啡屋

老天偏心　单让这方阁楼
于尘土之上　独成仙境
是天使吻过　还是住着
天使　按动快门的人
难道你的案头　放着《诗经》
还是在拍照之前　沐浴　更衣
成年之身　婴儿之眼
你让我相信　人的心　隔着风雨
岁月狠心　天空无痕
好一个雨过天晴　多想
在河边　走走停停　多想
误入林中　见小鹿飞奔
故意　避让不及
建筑　砖瓦之躯　它的美
全在于　它的主人

2021 年 10 月 3 日

小长假　我在我居住的古镇　假扮游客

我居住的古镇
没有女诗人笔下绵绵的钟声
几条短短的街道
若干夕阳长长的影子
窄窄的巷子
谁在一步三回头
要住下来
看一眼是不够的
得细细品味
如果你结伴而来
如果你怀着走马观花的心态
像一阵风
那么　你将败下阵来
一座桥　一个村庄　一条山路
或许　一个人
风景　在你心里
入夜　“美好的光照耀酒鬼　诗人
少妇　和快要出嫁的淑女”
你会不经意
走过咖啡馆的橱窗
灯下美人
读拜伦

2021 年 10 月 4 日

你说　落日很美　的确
可是夕阳　每二十四小时
循环往复　“昨日重现”

太阳热烈　月光温柔
妈妈告诉你　“男人不浪漫”

诗人　智者的良心　像一块石头
巧言令色者的马甲

谁的宿命　成一页书签
谁的情怀　从书中滚落

2021 年 10 月 5 日

致偶穿旗袍的你

偶穿旗袍的你　水波温柔
从江南水乡烟波浩渺辗转万里
徐徐如风　古之霞者非客人
恰似冰心的《繁星》《春水》
诗人顾城用泉水清洗文字
上天用星空为你沐浴更衣
泰戈尔在村庄里抒情
纪伯伦在诗章里隔空拥抱美人
天地依旧辽阔　云朵飘忽不定
做馒头的人　没有一日不写诗
字字如雨　纷纷入海

2021年10月8日

惊喜是失落的序幕

我感受到了你的心跳
拥抱　凝固了时间
大半年的渴望

我们　打了一个照面
惊喜是失落的序幕
像音乐的过门

开始和结尾　出乎意料
正如喜悦之夜　我的吻
她的手

读鲁米抒情诗
想生出翅膀　即刻飞翔
用尽一生勇敢

一个人的生死场
书桌在发呆　台灯在下雨
有人用一生
跨不过萧红的呼兰河

2021 年 10 月 11 日

只剩悲悯

有人恋爱
有人结婚
有人得到一个物件
谁在往家里
搬东西
一个肉身

有人恋爱
有人结婚
有人被迫失去自由
得到一把
打不开的锁

多少爱情
只是占有　束缚　交易
索取　捆绑

有人哭泣　有人开心
有人面无表情

月亮掉了下来

含着热泪

我束手无策

只剩悲悯

2021年10月12日

我写诗 只为馒头风流

我常常在夜里读情诗
人这一辈子
只为喜欢的东西才来到人间
我的矫情　就在于不愿意去
和比我更糟糕的兔子争抢胡萝卜
降伏我的不是美貌
有多少人可以理解毕加索和他的情人们
《罗丹和他的情人》这本书
对我影响辽阔而深远
或许你不相信　才华可以人为　像怀孕

美貌　如少年策骏马
稍纵即逝尘土飞扬
黄河之水　装不满李白的酒杯
“小乔初嫁”　谁的蓑衣惊魂未定
好一个伟丈夫　为真情断肠

2021 年 10 月 16 日

请不要问

请不要问我从哪里来
我们都是
“大地上的异乡人”

我已经回答了八十万遍
我不是台湾人

请不要问我为什么做馒头
食物是上天赐予

我不是一棵树
要生存
余华靠《活着》活着
我靠馒头活着

请不要问我为什么写诗
没有诗
我活不下去

说出来你又说我矫情
我的肉酸不酸
尝过的人才知道

追问　有时显得不够礼貌
我的不堪　都在网上

诗是写出来的
好馒头是做出来的
请不要问

请原谅我的无知和肤浅
做馒头时
很累　顾不上
读书时　不想聊天

2021 年 10 月 19 日

没有电的夜晚

没有电的夜晚
感觉一切都亮了起来
我顺着街道来来回回走了两个小时
唯恐路灯一下子被打开
屋内蜡烛的微光
都显得多余
星空多美
镇上看到的
和在户外看到的完全不一样
有时候
环境再黑暗
夜空也能照亮你的路
有时候
太阳也会没有光芒
我突然想起顾城
他说　女人是
天上无尘的花朵
此刻　花朵们一定也是睡了
否则　星星多余
你是星空幻化的玫瑰
今夜
沉默如铁

2021 年 10 月 30 日

你是否在白沙的院子里晒过太阳

或许你是老白沙
甚至“白二代”已经成年
或许你在白沙已经小住了
三月五月　一年半载
可是你是否真正地享受过
坐在白沙的院子里晒晒太阳
一心一意　什么都不干
不思考　不聊天　连书都不看
认认真真地感受那份阳光的温热
阳光从高处淌下来　像瀑布
在你的身体上汇聚　在脊背上来来回回
像热带雨林的植物享受雨水的浸润
像在寒冷的夜晚　在一个
超级大超级热的花洒下面淋浴
特别是在深秋　当太阳的光芒
从雪山之巅一路毫无底线下滑的时候
你是否会在期待中紧张
你是否曾经飞越海洋　高山湖泊
不远万里　或者坐几天几夜
的绿皮火车　只为
见一个人

2021 年 11 月 3 日

一生只有一天
夜晚走完　必是白天

一生只有一年
四季轮回　从立冬出发
定能抵达盛夏

何况是第二次出发
感谢老天眷顾
世间有人　还来不及
出发

“我们还有更长的路要走
不过没关系
道路就是生活”

博尔赫斯给了我们
贫穷的街道
破败的郊区
就是要让我们
去创造

2021 年 11 月 7 日

我想去把玫瑰花海搂进怀抱

我想再去看看长满玫瑰的土地
亲自把手伸进土壤
在立冬刚刚开始的时候

无私的土地啊　请不要为了
玫瑰的丰满而过度榨干自己
我不忍见你太枯瘦无力

土地之于庄稼就像母亲
之于儿女
玫瑰也燃烧着自己为主人
着想尽力讨好苍天

与一湖透明透亮的海水做伴
心里容不下杂质和灰尘
独孤求败在山腰的村庄
与星空窃窃私语

噢　孤独的玫瑰
如果我今夜睡一觉起来
明早改变了主意
那一定是
我的胆怯临时起义

我怕我来过又匆匆走了
我抚摸过的花瓣会不会留下伤口
我来不及抚摸的花瓣会不会苍白失色
如果我抚摸完每一片花瓣再走
我怕我自己无能为力

2021 年 11 月 10 日

我从日照金山的村庄醒来
在不知籍贯的岁月里
做水果的余丽看什么都是一个石榴
艺术家赵平的柴烧第二十七窑了
诗意的依兰说微笑是一把神奇的钥匙
先锋天使雅婷遇见金灿灿的时间
唯有我　呆头呆脑呆若木鸡
回答不了客人的问题
好奇的客户非要买“左手馒头”
并且问我做馒头为什么不用右手
还要看“另一只猫”长什么模样
是什么品种的猫
这些　我竟无言以对
做馒头　我是认真的　写诗
那是我的　爱　和　忧伤

2021年12月1日

那晚你送我去车站

那晚你送我去车站
泪水模糊双眼
车到站
我下车即刻溜走
无能为力看着你先行离去
你知道
我要去的地方
那是世间最无情的坟场
它将人的灵魂埋葬
长空阴沉
大地寒凉
草不长莺不飞
那些被掏空了心肺的皮囊
在植物新鲜的嫩芽上
涂厚厚的砒霜

2021 年 12 月 9 日

我的棺材在风中荡

悔恨长满土地
至爱的人
受尽折磨
我的灵魂深陷罪恶
乌鸦在叫
生活是一枚苦果
一棵黄连
爱吃土豆的人
乘雪而来
一具灵魂死亡的躯壳
给自己写悼词
唯有
酒在唱歌

2021 年 12 月 11 日

至爱的人

请不要让你纯洁至上的心灵

沾了灰尘　在铜墙铁壁的世界

那一方神圣的蓝　带着你

深邃的思想　乘上时光隧道

的列车　通往光年之外的遥远

你哲学的头脑　高贵的面孔

我心中永远的桂冠　谁的加冕

都是多余　谁的裁决都是错误

圣洁之心　不屑于俗世的荣耀

前所未有的苦难　前所未有

的全新的你

2021 年 12 月 17 日

新鲜的日子新鲜的我们

今日会变旧　明日会来临

不必挽留每一次日照金山

一群被神仙摸顶的诗歌的孩子

用一把梯子直达太阳

寄语海风　寄语星河

用心灵清洗人间

2022 年 1 月 1 日

天使要走了

写给柯瓜子

阳光偏爱这座高原小城
正如这座小城偏爱你一样
或许是因为　你用声音
把这座小城的街头巷尾
千家万户　城镇乡村
毫无偏见地紧紧拥抱
这一切
耗尽你全部的少女时光
所以你说　你会经常回来
愿你吻过的电台永恒
五千多个日月星辰的青春
你是十万只孔雀的叠加
一步一徘徊　一秒一回头
你的丽江　丽江的你
一万年　八千岁

2022 年 1 月 13 日

一个母亲

她说她们有可能要走
她说她们是为了孩子才来这里的
她说她们有可能要走
她说她们是为了孩子才要走的

2022 年 1 月 15 日

遇见

我们

说着那些诗人的名字下酒

他（她）俩　零零后清华同窗

小妹妹　双眼迷人

一晚上滚出十八个月亮

小男生　把里尔克的《秋日》

丢进火锅　把杯底喝到天上

嗨　青春的荷尔蒙

点燃荒野的火

落叶在秋天腐烂

人心可以永远年轻

假借托尔斯泰的双管猎枪

“砰”的一声　寒冷逃亡

春暖花开

2022 年 1 月 19 日

大雪纷飞

大雪纷飞
有自知之明的太阳
远远地躲　厚厚地藏
好让雪花　如筛糠
半山腰　喇嘛庙　红墙外
随意翻开海子的诗篇
“你是腐败的山河”
天意还是巧合
大雪纷飞　大雪纷飞呀
大寒雪未寒　雪寒成冰
是兆丰年　还是昭雪
或许是因为我们讲到了
那个遥远的铁匠　嵇康

2022 年 1 月 21 日

因为你们
阳光才刚刚开始荡漾
你们　却一个转身
来　吃完这个玫瑰馒头
春天的花也就开了
你们再一回眸
给苏醒的大地一个微笑
谁的快门
定格下来年的缤纷
你们好狠
只给小镇　半天时间
只给牌楼　一个眼神
幸好　世界再大
我们顶着同一片阳光
我们都是　到处走的一林
风里长的小树
来　亲爱的阿措
喝完这杯咖啡　拿起
你那神来之笔
把你绸缎般质感的
文字铺满春天

2022年1月28日

一弯残月　半片孤高

腊月的凌晨　够清冷
残缺　只为衬托
下弦月之美　如　半糖之甜
无我之爱　必　黯然失色
一弯残月　半片孤高
却以　谦卑之身　俯视大地
万物朦胧　凭　红拂夜奔
君莫问　馒头风流

2022年1月29日

我把自己设定在万物之外

春来
不忍心再去爬山了
大地已经够疼
万物复苏
就算高高在上的天空
也过不了几天
安稳日子啦
春雷
将很快醒来
卷起“千堆雪”
把天空的五脏六腑
来来回回　滚得生疼
爱情亦然　多少人
宁可冬眠
怕疼

2022年2月10日

快乐的诗我写哭了

快乐的诗我写哭了
离别的愁绪
旷野之火
在冰雪尚未消融的凌晨
陌生的城市
陌生的机场
别样的你　就这样
顶风冒雪　远走高飞了
我们这一对兄妹哟
相识于情怀
末了　情怀生出翅膀
正如朱生豪所说：
“一向我从不以离别
为一件重大的事
而今却觉得十分异样”

2022年2月11日

二月

天空又再次突然飘雪
如棉
非常盛大
没有任何预演
一大朵一大朵奔忙而下
天空为谁采棉忙
二月底
又到开学时
要真的是棉花
那该多好
雪花
谁会买雪花呀
我以为我是一个诗人

2022 年 2 月 22 日

三月 我是你的孩子

三月　你好

你快进来　把我带走

二月太短

我还来不及抬腿

她已经走了

我笨拙的身躯

还披着一月的风雪

二月短暂　二月忧伤

遥远的　身边的

三月　你快进来

把我带走

昨晚那条鱼　心情大好

活蹦乱跳

2022 年 3 月 1 日

云朵让我们分开

云朵让我们分开
让你去照看
那些花儿
我到羊群中去
抚摸青草的伤口
飞鸟在树枝上
叽叽喳喳　不要抬头
顺着溪流　向下
另一种攀登
我猜　今早你会
穿城而来

2022 年 3 月 3 口

请在星空之下看我的葬礼

村庄好小
小到我无处可逃
村庄好小
小到用一个词语
就能完全建造
哎　山高皇帝远
不是山有多高路有多远
是皇帝太渺小
诗人啊
请在星空之下
看我的葬礼　昨晚
我又死了一次

2022 年 3 月 7 日

午夜的风

午夜的风拍打大门
午夜的风爬上屋顶
午夜的风偷袭古镇
好多人在午夜
兵荒马乱与风无关

2022年3月12日

爱的味道

爱的味道　爱的人
蜻蜓点水般短暂飞升
没有灵魂的馒头　辜负客人
没有生命的麦子　辜负土地
爱的味道　你作主　这一生
不辜负　彼此珍惜　你我
都是春天　揉一个馒头
心里开一次花

2022 年 3 月 13 日

『春天来到天空中』

谁的手指绕过你的发
谁的双眸凝视你的脸
以护理头发的名义
并非乌黑灵动的瀑布
并非人间至美的五官
可是啊
如果你被一场雪俘获
恰巧白色又是你的极致偏爱
你是否也很难抽身
“春天来到天空中”
“我的心里藏着爱情”

2022 年 3 月 17 日

『生活　本该是日复一日的奇迹』

我总是想起你
想起你留下背影时的眼睛
还在朝后看的神情
我没有魂了
像辣椒只剩下寡淡的辣
丰富的层次感丢了
黎明的道路头一次如此敞亮
爱是一束光
你手捧浪漫而来
我荒野般燃烧
“生活　本该是日复
一日的奇迹”

2022 年 3 月 18 日

忧伤的弓箭手　射中自己

极短的分别揪心的狂想
天空的双手捧来的鸽子
让人忧心如焚又欣喜若狂
点点滴滴分分秒秒
“为了一次快乐的亲吻
不惜粉碎我自己”
爱是一滴一滴的血
忧伤的弓箭手　射中自己

2022年3月22日

妈妈不在　我是哺乳期的孩子

妈妈不在　我是哺乳期的孩子
睿智的魅力　青春的土地
一粒金黄的麦子　一滴饱满的汗水
草地上奔跑的孩子啊
你是谁的妈妈
女人永远不老　诗人永远年轻
在想你的夜　每一行诗都是
土壤里深深的犁沟
每一个汉字　都是蜜蜂吻过的
朵朵鲜花　风在你的后面笑
我在风的后面　疯狂奔跑

2022 年 4 月 12 日

你就这样紧挨着我
斜靠在我略微起伏的胸膛
下雨的夜晚胜过晴朗的白天
半小时车程半平方米的车座沙发
我背叛人间一切的筹码
光在看不见的地方
爱是心底生出来的美好

2022 年 4 月 15 日

如果花环是献给诗人的桂冠

每一个今天在劳作中沸腾
每一个明天在期待中开花
只要每个清晨
馒头张开飞翔的翅膀
我们就不是迷失的君王
我们是掠过天空留下痕迹的飞鸟
每一张顺丰生鲜快递单号
都是一根根白色羽毛
集腋成裘之后冲锋的号角
如果花环是献给诗人的桂冠
你的每一次关照就是
天使最美的微笑

2022年4月19日

看啊　这血淋淋的天空

爱的雪崩　粉身碎骨
漫山遍野的玫瑰
无法温柔村庄的粗野
你某一次失足滑落的意外事件
撕裂的脚踝划开的手指
是人们抬高纱布
和膏药价格倾斜的天平
漫山遍野的玫瑰
无法温柔村庄的粗野

2022年4月22日

我们一起看麦浪

只有风　一动不动

左右摇摆的麦穗

那是我内心的蝴蝶

细细密密层层推开

轻轻松松慢慢回旋

如我微小曲折

疏疏浅浅的掌纹

密密麻麻写满

献给你的情诗

我的爱啊

请你时时刻刻想着

我对你的依赖呀

我们一起看麦浪

只有风　一动不动

2022 年 4 月 25 日

我的心是一列火车

我的心是一列火车
和高速公路上你的车辆赛跑
奔向同一座城市
我平庸而荒凉的肉身
困到睁不开眼
床在等它的主人
我要如何度过这几十个小时
房间空空荡荡
我错把咚咚的心跳当作哒哒的马蹄
日子像熬中药的罐子
天色渐渐暗了下来

2022 年 4 月 26 日

雨水和假期一起来

这是早晨的黄昏
这是五月的寒凉
暮色压顶
疫情期间难得的几天假期
可偏偏
雨水和假期一起来
那颗一直插在我胸口的针
隐隐作痛
浓雾散了又来
山就在那里
轮廓　从未清晰

2022 年 5 月 2 日

我的馒头我的诗

这不是一个普通的馒头
这是一个男人
跨过江河湖海以后
对一条溪流的敬畏

这不是一句平庸的诗行
更不是绝望的哀歌
而是一个平凡人跌倒之后
不平凡的勇猛

我不是我自己本身
我是千万人中的一个
自吹自擂一文不值
希望你
透过现象看本质

雷霆万钧的山洪终归平静
风平浪静的大海不是
软弱无力的棉花
两个男人的惺惺相惜
暗藏多少沧桑

2022 年 5 月 4 日

你在树下　用吉他诱惑月亮

献给刘军老师　吉他二重奏《月光》

高高的高天上滚下月亮
一声脆响弄醒浅睡的海浪
沙滩啊　你的被子卷起又重放
亲爱的刘郎　请你放过月亮
你的弹拨为何如此晴朗
月亮她已经牙痒痒
让我的脉搏和你一起吧
太阳走了月光唱主角的晚上
我太阳穴上方的血管实在捣蛋呐
突突突　突突突的疼啊
叛逆的血液带着音符流淌
多么美妙的晚上

2022 年 5 月 7 日

小城夜雨

兼致母亲节

这是一个恋爱的季节
花朵借雨滴亲吻
羞涩兴奋满墙的潮红

年轻的母亲在等归家的孩子
谁的母亲都终将老去
谁的母亲都曾经年少顽皮
我天堂的老母亲啊
希望您忘掉人间的一切

恋人的双眼穿过雨的幕帘
爱意是雨滴碰撞飞溅的雨雾
生活是实实在在的付出

身后快速通过的电动车
外卖小哥和建筑工地上的兄弟
这是将近凌晨的街头
下着小雨的丽江

2022年5月8日

白沙赞

献给阿秸谷

我做了一回神仙
睡在白沙的天空里
正午的蓝邀约了云朵的白
包裹着我的沧桑
我像一块放在自然里
风干的牛排
在楼顶她的“闺房”入梦
小妹妹送上来的素餐
是白沙泥土里长出来的食物
好想做一颗草莓
即使烂掉
也要掉进白沙的土壤
她不经意地问起我
曾经的恋情

2022 年 5 月 11 日

致你

从爱情的角度讲
那些所有的她们与我无关
正如那些所有的他们
在小小的领地
情话是蒲公英　向日葵是太阳
“无以为报以身相许”
黑夜是一片轻盈的羽毛
你如此温情的眷恋
你多次说过
一离开这巴掌大的地方
就心慌气短不踏实

2022 年 5 月 13 日

你是我的骨头

天一周黑一次
光七天暗一回
人类最伟大的情感
文字的表达能力
不及万分之一
你是唯一　你是万物
你不在
火都是冷的
樱桃红了又暗了
那些花儿呀白白地开了
你是我的骨头
这不是比喻
这是　鱼儿听从了
洋流的召唤

2022 年 5 月 15 日

顶破天地爱你

兼致小陌 老余

月亮在海里翻滚
那分明是云层
在这凉爽的黄昏
月亮在高高的天空
害羞地努力向上攀登
我晃动的胳膊
抖落夜晚的帷幕
天是完全的黑了
大地上的孩子
在禾田与诗的田野里
亲手种下的每一棵蔬菜
都是梦里的星空

2022年5月16日

噢乖

呵　我们还是要快乐起来
此刻已是黄昏
不要为了小小的缘故
那一双从天上垂下来的手
左手蜜糖　右手烦忧
恋爱中的人
总是双手接过天赐的礼物
然后　吻自己的手心
中午我都急坏了
竟然忘了　吻你的眼睛
好了　晚安　夜晚的吻会在
梦里和你撞个满怀

2022 年 5 月 25 日

鸟儿宽慰天空

鸟儿宽慰天空
风宽慰森林
母亲宽慰孩子
南方小城的那片天空
辽阔的空白
昨晚的雨急迫
白天还是风和日丽
物极必反
天上掉下来的悲观
血液是杯温暾水
我把天熬破了
活着比写诗还难

2022 年 5 月 31 日

月亮陪着我

月亮陪着我
穿街走巷
当她的眼睛撞上整个
古城的屋顶
银河的水开始在她心里流淌
我们见过太阳
我们沐浴过月光
你可曾见过一个女人
拥有太阳的热烈
和月亮的忧伤
这两种美好的品质
同时出现在她的脸上
这可是诗人天生
的特质

2022 年 6 月 1 日

平凡人的日常

刚做了一锅包子
暴雨袭击白沙
一个女孩
买了一个馒头
坐在门口
对着一堆玫瑰花瓣抒情
梅夫病了
一碗面在风中飘荡
惺惺相惜的人
是一对狗熊
雨一直下　是夜太伤感
还是老天太多情
嗨　下雨的天空
请你温和些
别淋湿了　我远方的爱人

2022年6月8日

一小时　九公里

一小时　九公里
从白沙到城里
我们跑步去象山农贸市场
取回每一天的新鲜
我们生存的战场
烟火气从黎明就升起
老板娘儿子高考
她没能回家
她说：“生意不好做
一天赚了只够一天的开销”
擦肩而过的大爷
收音机里播报着振奋人心的新闻
我抒情的小诗
献给无数个像我一样
为生存而奔波的人们

2022 年 6 月 10 日

写给穿蓝裙子的姑娘

你是我晨跑时
头顶凌晨的雨水
洗过的天空
三分之二的晴朗

你是午后的梦幻
清爽地闪入我的领地
玫瑰馒头瞬间开花
小镇的礼物

你蓝色的裙子
是太阳雨里远山的薄纱
孔雀蓝的翼展
流动的美　轻摇曼舞

你一回眸
米黄色条纹雨棚边缘上
欲滴未滴的水珠
“砰”的碎了

2022 年 6 月 11 日

散步

白昼困了
老天爷放下遮光布
天地渐渐合拢
亲爱的　我们还在散步
当你说想我的时候　黄昏闪闪发亮
“人生而自由　却无所不在枷锁之中”
朋友不在家　干实业的人
闲游浪荡　不是他游手好闲
人没有翅膀　却要像鸟一样飞翔
赵哥说　人其实没什么意思
我说很有意思啊
回锅肉好吃

2022年6月16日

金色的黄河

谁把麦田种进河床
金色的麦浪金色的夕阳
天上水
黄金般流淌
任你九曲十八弯
任你高山大川
谁也无法阻挡
上苍保佑母亲河的人民
塞上江南的土壤
丰收永恒

2022年6月20日

画家错爱染坊

写给寒山

朋友来　名字极冷
寒山
在午后的白沙古镇
像一个剑客　又像一个梦
闪进咖啡馆的阴凉
太阳发出耀眼的白光
连续几天
用暴脾气炙烤大地
正如自卑的人
用蛮横和无聊引起别人的注意
寒山　还是那一身扎染
正襟危坐侃侃而谈
身边的美人
蓝色染缸里搅动的河流
美丽人生二楼的对话
偷闲的奢侈

2022 年 6 月 21 日

回答

馒头好吃
是因为你的心里揣着甜蜜
我的心里藏着诗
生活的坑那么深
这就是我每天晨跑的原因
务必保持身手敏捷
从一个个深坑里
跳出来　或许
这就是一个多情诗人
千疮百孔的活该

2022年6月24日

深夜采花人

深夜采花人
蹑手蹑脚
在路灯下藏起剪刀
眼尖的星星
早已躲藏
他只要一支
路边的野花
心上人啊
他已经尽力
白天路旁那么多的花楸树
在黑夜里集体隐退
谁家院墙外
一树的红

2022 年 6 月 27 日

这些耀眼的光

这些耀眼的光
无论刮风下雨
你心底的晴朗
优美如夜空山间的月亮
气候变得不同寻常
季节迷失方向
你呀　馒头的孩子　像诗一样
这些花儿　像你一样
夏日午后的手指
插一束花　雨天的太阳
虚假的傲慢
真实的谦卑

2022 年 7 月 2 日

走夜路突遇暴雨

黄昏送走最后一批客人
还没来得及歇歇脚
黑夜就以压倒性的优势
吞没一切
暴雨的暴脾气上来了
密密麻麻倾覆而下
击穿夜的黑袍
石板路面的街道狼烟四起
灰尘在路灯下舞蹈
瞬间被征服
走夜路突遇暴雨
因为是送你返回的原路
我是一棵开花的树

2022 年 7 月 6 日

蜜罐

清晨的蜜罐
随梦醒来
不管
是否梦见

中午的蜜罐
自动打开
让汁液包裹住
可口的饭菜

傍晚的蜜罐
各自怀揣一半
你装月亮
我装晚安

2022 年 7 月 7 日

无题

诗是写在纸上的生活
诗也可以不是人间烟火
五谷杂粮　一日三餐
诗人　首先是人
季节在赶路　植物生根发芽
看啊　云朵在飞翔
树叶开始泛黄　小鸟歌唱
一年又将很快过去
人类双眼迷茫

2022 年 7 月 8 日

当飞鸟失去天空

当飞鸟失去天空
我打开自己的身体
当庄稼失去土地
我化成灰烬
当雨水不再哭泣
我的泪是人间最大的海
汪洋淹不死一只蚂蚁
大象被谁喂养
为了寻找一朵玫瑰
从华东到滇西高原
你的青春吻了
程海

2022年7月9日

白沙

人流像云朵　被风追赶
大地是沉睡的老人
游客在他巨大的身躯上走马观花
牌楼是古镇的定海神针
在历史的缝隙中落进时间的灰尘
面对雪山　沉默是他的语言
拍照打卡的少女们
告诉全世界我来过这里

2022 年 7 月 13 日

黎明前的月光最美

只要她在眼前
一出现
心潮就澎湃起来

一切　自然而然

像一根掉在地上的针
被磁铁刚刚找寻

写到关于她的诗行
文字就飞起来吻我

黎明前的月光最美
天空最纯
当万物沉睡的时候

2022 年 7 月 14 日

好想给你读首诗

好想给你读首诗

在小雨到中雨的黎明

你点亮农贸市场的灯

辛苦了　亲爱的人

想着白天

雨中排队的天使们

我们

小小心心如履薄冰

2022 年 7 月 23 日

就让月亮在水里生锈

我什么也不挽留
就让月亮在水里生锈
让一条河烂在海里
火焰古老　时间永远吃不饱
一棵树在夜雨中失手
细碎的白色花瓣
撒落一地

2022 年 7 月 24 日

擀面杖是一匹野马

擀面杖是一匹野马

一袋面粉

足够它奔跑一生

我的手掌化身无情的缰绳

一张包子皮

一片辽阔的荒漠

窗外排队的天使们

化零为整

我是一个逃兵

偶尔溜出去

呼吸一口新鲜空气

人群中总发出

诗人　诗人

原来

诗人也是产业工人

2022 年 7 月 25 日

在清晨　在黄昏

在想象中的城堡

窗户并未打开

森林的飞鸟云集房间欢呼雀跃

大地上太劳累

我像鸟儿在天空飞翔

飞升云端飞升云端

夏加尔“浪漫的狂想”灵魂附体

当我需要安慰的时候

你是海

我是游泳的鱼

2022 年 7 月 29 日

我慢慢躺下　像渴水的鱼
心跳是我的腮
沉闷的响声肆无忌惮
谁在柔软的床上铺满石子
人生就像天气
春暖花开　那是诗人的浪漫
风调雨顺　种田人的心酸
我亲爱的女儿　你都小升初了
对于我　天再黑　你就是灯
路再远　你就是翅膀
在我脆弱的每一个时刻

2022 年 8 月 1 日

您的关照是我活下去的粮草

我是那棵立在山中的独树
不爱热闹谢绝一切邀约
一棵不近人情的朽木
一只不识抬举的猫
如果馒头好吃
您的关照是我活下去的粮草
如果有那么一行小诗
碰巧招惹到你的心
静静地欣赏是我最大的荣耀

2022 年 8 月 2 日

生活像一匹老马

生活像一匹老马
爱情是精饲料

谁也阻挡不了我的梦
除非死亡

一团烈烈的彝人之火
灰烬之前
必是熊熊之光

我的命　我的自由
早已
不属于我自己

被我淋湿的人
我必须烘干
他们的衣裳

我的身体是最
好的干柴　眼泪是人间
最廉价的雨水

2022年8月3日

注定跑不出一粒麦子的手心

沉默如铁　突然被唤醒
白天像梦境
你调皮的声音　像一束光
世界瞬间被照亮
我却只能给你一个微笑
只有一个微笑
对不起　或许　我这一辈子
无论如何勇敢　注定
跑不出一粒麦子的手心

2022年8月9日

亲爱的

亲爱的　你不哭
还是让我来哭吧
你一哭
我流的是血

生活没那么糟
来
穿上爱情的衣裳
把痛苦的颜色
抹去

我在读洛尔迦的诗
就在
那个素餐小馆
你知道的

你听　她在唱歌
太阳落下又升起

2022年8月17日

轮回

植物需要雨水　我不需要
我需要晴朗的天气
买馒头的人不用淋雨
我不要看
十多岁的孩子写出孤独的诗
不要　坚决不要
我宁愿看见下雨
读《愤怒的葡萄》
我没有愤怒　只有沉默
无能为力的沉默
苦行僧回到山中不是苦
农民离开土地
历史　不是相似
那些一辈子歌功颂德的人
违心的文字是他们
的粮食

2022 年 8 月 31 日

因为雨水的缘故

因为雨的缘故
师傅们推后了几次
终于来安装设备
天黑以后
一对父子一辆三轮
满满的设备和工具
一场快要来的雨
让他们紧赶慢赶不敢休息
还好　终于赶在
大雨之前
七零后的父亲　九八年的儿子
因为
雨水的缘故
因为生活的缘故

2022 年 9 月 3 日

疾行

把天空撕开一条通道

铁鸟轰鸣　故乡和异乡

母亲和孩子

当你决心赶路

心是头顶上方的灯笼

2022 年 9 月 13 日

无题

多希望时间走得快些

世界太沉闷

人　本应河流般流淌

却冰雪般凝固

高飞的鸟　不知大地泥泞

蝴蝶翻飞　忘了化茧成蝶

夜幕太低沉　雷声滚滚

老天爷也有撑不住的时候

我这件单薄的蓝色衬衫

是下午天空的蓝

2022 年 9 月 17 日

爱情　只有第一次亲吻干净

爱情生锈　时光新鲜
微笑凝固的沧桑
沟壑纵深
爱　有着深深的深渊
海水貌似自由
在辽阔的洼地无能为力
像一头困兽
大地是庞大的铁笼
天才早亡　庸人长命百岁
需要住院治疗的家庭
维系着社会
谁把它打破　谁就是罪人
太阳已经很旧了
爱情　只有第一次
亲吻干净

2022 年 9 月 19 日

无题

如果你来

我们一起去做树林里的虫子

像天外掉下来的两块石头

一直玩到星星起床

昨晚的梦

今天中午突然想起

2022 年 9 月 21 日

午后急雨

就这样看着雨越下越大
摊开的书本在台灯下发愣
劳动的双手微微颤抖
像雨中被风摇晃的树枝
虽然不会折断
但是在风雨中摇晃并不浪漫
我陪着停了两次电的古镇叹气
楼上歌手的声音开始跑调
下这么大的雨谁来听歌
昨天刚进的酒水比歌手还要忧伤
生活就是这样
有时候　规划只是一个屁
努力的人可以填饱肚子
世俗的成功是一个系统工程
街边摆摊的大姐中午还说
今天是个好天气

2022 年 9 月 25 日

顺丰生鲜　快递全国

不做馒头会饿肚子
不写诗犹如行尸走肉
我用诗把馒头快递给你
顺丰生鲜不同意　唉
你说说　我还有什么好法子
在等你们下单的间隙
我写下万千行诗句
可惜啊　一行也不能充饥
一个将老未老的诗人
一朵将死未死的玫瑰
在一团面里殉情不知羞耻
今天只叫卖不写诗
为了生存豁出去

2022年9月26日

她

她从海上来
笑盈盈的不言不语
闪进馒头店
其实　那不是海
是一条江
晚上
她湿了眼眶
我才知道
她用眼底偷运江水
这几滴江水
她
捂了两年
张枣一后悔
“桃花就落满南山”
我一后悔
活脱脱晚年的托尔斯泰
“以自己为耻”

2022 年 9 月 28 日

孤灯

凋零之前
树叶便开始疯狂地黄了
我独坐灯下凄凄地后悔
肠子是寸寸地青了
木心说　车夫打马
尼采肯定要冲上去抱住马头
放声大哭
我即刻羡慕嫉妒起马来
当我写完这句话
灯哭了起来

2022 年 9 月 29 日

一个馒头　一首诗　三克酵母

没办法　小长假又来了
就像面里加了酵母　不得不发
就像恋人之间那些咬耳朵的废话
看着来来往往的小可爱们
你们来到白沙　吃着馒头
走在街上　不妨大胆一点
有时候醉人的　除了酒
还有那个谁　让馒头里的玫瑰
在他的心底复活
小馋猫原来说的是心上人
一个馒头　一首诗　三克酵母
够了　借古镇的秋天　借一次旅行
把你们彼此的心　收归私有

2022年10月1日

这样的白沙

把自己卷起来
放进躺椅
像一团面
在阳光之下“蒸烤”
这样的慵懒
这样的旅行
这样的你
一连七天
在得闲小院
啤酒已经不多了
咖啡还有

2022年10月2日

“云儿飘在天空
鱼儿藏在水中”
亲人啊
我们终将分离
孩子哟
请你慢些长大
故乡如风后背发凉
很多人的一生
注定老在路上
“做一个强者真难
不做强者呢
生活就更难对付了”

2022年10月10日

我的前世应该是一棵植物
或是一块泥土
南方人
怎么就让一粒麦子下了蛊
我每日写诗
就是在茫茫无边的土地上播种
那些诗句
是我心中的马匹

2022 年 10 月 13 日

等待是一朵花开

库尔勒玫瑰失联了
伊犁在等待下一个春天
等待是一朵花开

我想象为你戴上花冠
看你盈盈笑脸
在心底回忆从前
仿佛和你肩并肩

鲍尔吉·原野的胸中
万里草场空阔无边
颜真卿的手腕在用力
霍去病大漠孤烟

我心中的河套平原
禾苗青青麦浪滚滚

面对历史面对自然
抒情诗人徒劳一生

2022 年 10 月 17 日

你身上有我审美的全部元素

我想吻你

无论有多危险

就算那一刻

有人

扣动扳机

吻

成了

最后的遗照

2022年10月19日

白沙的流水

静静流淌
感觉你幸福而甜蜜
你是液态的雪
上天眷顾一方水土
的良苦用心
片片叠加粒粒凝固
再一点一点融化
日夜兼程
我用手指轻轻划过你的肌肤
如此寒凉
你却一年四季
默默温润这片土地

2022 年 10 月 20 日

两棵树

两棵树手牵着手
在灰白的夜　捉迷藏
不经意的拐角处　惊喜连连
我用烈火的灰烬　祭奠星空
她说　每一分钟都值得纪念
时间　匆匆流逝　黎明
捅破夜的遮光布

2022 年 10 月 21 日

爱　没有云淡风轻的能力

夜晚降临　远山朦胧　天空破碎
棉絮状的云团被风之手任意撕扯
丢弃　凌乱不堪　像华美盛宴后
的杯盘狼藉　像我花里胡哨的外衣
失态的设计师失魂落魄的心
揣着爱的人　喜极而泣　忧伤成诗
分秒之间　爱情纯粹　像一汪清泉
映出谁的脸　黄昏暗淡　黄昏温暖
全在一念之间　无缝切换

2022 年 10 月 29 日

再见吧　亲爱的人

再见吧　亲爱的人
一生要爱多少人
一语成谶
不想远航的船
就让它搁浅沙滩

再见吧　亲爱的人
你看那满山的红牡丹
在海的对岸
身体力行践行爱的人
累死在黎明

再见吧　亲爱的人
我们如此遥远
山海相连
和海枯石烂一样久远

按照莎士比亚的说法
如果这样
就算我小命不保
我也愿意
死在人生的壮年

“我走出门去
雪已经停了
一股冰冷的寒风
扫荡了街道”

再见吧　亲爱的人
如果一切命中注定
就让说晚安的人
消失不见

2022 年 10 月 31 日

爱情是具体的两个人
是一盏亚光的灯照着两颗心
而身体和脸庞
散发出迷人的高光
酒杯性感　歌声撩人
爱情的魅力在于极大的
盲目性　大喜或大悲
生活的碎片　爱的珍珠

2022 年 11 月 2 日

我翻开那晚朗读的诗行

我翻开那晚朗读的诗行
一个立体的你在书里酣睡
那一页文字已经苏醒
一百多年前
作者在潦倒和失望中去世
那天晚上
我们分明是读着他的诗
温暖夜晚的落叶
一个个汉字一朵朵棉花
翻译的人爱着波兰的土地
不远的将来
我们将读着他的诗熬过相思
尽管你偏爱小说

2022 年 11 月 4 日

雪山的孩子　命不由己

据说圣洁的雪山
是菩萨的化身　可为何
住在它怀抱里的百姓
还如此孤苦无依
难道这世间
那只看不见的手
一定要拿走穷人身上的稻草
却要赠送纯金打造
的马车给世袭
的贵族

2022 年 11 月 10 日

天空是诗人的父亲

谈话在意犹未尽中停下
两个人的暴风雪
以轻歌曼舞的方式
雪花多情而忧伤
天空是诗人的父亲
星星是夜晚的情人
我什么都没有准备好
那整片的黑
在白天是什么颜色
不要太相爱　越爱越分开
我愿意
是清晨的露珠

2022年11月17日

生存

白天的光热量少得可怜
太阳一落山只剩打战
疫情之下那些荡气回肠的理想
在一次又一次的反复中趴下
发出去的包裹
像风雨飘摇的老屋
全国将近一半的城市道路不畅
我站在小城中心的街头
胡乱买下一件外衣
来抵挡由内而外的寒凉
一年租金四十五万的铺面
只想分割一个角落
盛放一个馒头

2022 年 11 月 19 日

夜晚是饥饿的狼群

我们和黑夜唱反调
阀门在黄昏时开启
记忆的洪水奔涌而来
过往是散落的钻石
置身生存以外的话题
白天是饱食的懒猫
夜晚做饥饿的狼群
我们被带入叙事的幻觉
抒情的美妙语言
的高潮
听梅夫先生聊天

2022 年 11 月 21 日

白天枯萎

白天枯萎
星星怒放
我们指指点点
村庄睡去
在另一个纬度进入城市
人间的苦难
随幻梦
短暂消失

2022 年 11 月 22 日

眼里那些黄金的地段

眼里那些黄金的地段
以为可以养活偌大的麦田
我像非洲欢快的鼓声
发出和街道不合时宜的赞扬
表面的光鲜亮丽
在午后寂寥的阳光下破碎
那个热火朝天的美食店
今年已是第三次转让
街道宽阔　街道自己宽阔
那些禁闭的卷帘门说明了一切
口罩比街道还要宽阔
“凝望头顶的天空
白昼已经消逝”　我们撤了

2022 年 11 月 23 日

我是自己的囚徒

我是自己的囚徒
我是自己的火车
我是轨道
被螺丝钉固定在大地上
我是自己的铁屋子
我是我的酒杯
我是我的十字架
我以为　这一生
只能做别人
我是我微苦的咖啡
我是我回甘的中药
我一日千里
我困在原地
我是我微小的一粒尘埃
用热血喂养自己

2022 年 12 月 2 日

无题

雪不想下了
想直接冻在天上
水不想流了
想回到它的源头
夜晚的柿子树
想隐入庞大的森林
来年不再发芽
失落　困惑　压抑
突如其来

2022 年 12 月 7 日

无题

不要害怕
把自己暴露在阳光下
在笼子里待久了
天空最不安全
放心吧
别听那些蓄意的胡说
做买卖的人
齐刷刷又一次穿街走巷
谁在刻意谋杀
冬天的雪花

2022 年 12 月 9 日

想哭　想笑　想胡说八道
某些随意和自由
只属于一个人的烟火
谁的花园　谁的残垣断壁
天要下雪了
高光的旁边是黑暗
忧伤和欢乐是一对老夫妻
燃烧吧　旷野之火
沉默吧　寂静之夜
从天空到大地　从黑夜到
黎明　一切都已过去
一切才刚刚开始

2022年12月11日

我愿意用自己的心脏迎接
堂·吉诃德的长矛
时间在悲风中哭得像个孩子

四方街的牌楼被噪音强暴
是祖先不该留下有型的建筑
还是当下的我们太粗陋

如此古朴温良的地标
压不住我们心浮气躁的欲望
饥不择食的接纳
会害了我们

我当下生活的地方就是故乡
每一个我都是故乡的一粒尘埃
（“我们”是由若干个“我”组成）
愿所有的尘埃合力为土壤
在故乡生长出我们需要的食粮

我仅仅只是一只流浪猫
放荡又没礼貌　在夜晚发出
无足轻重的哀嚎　悲伤是针管
抽走我身体的河流

2022 年 12 月 12 日

管它呢　庸人不造谣
难道让他们憋出病来
我们穿过村庄的悬崖
进入河流的房间
让他们尽情地说去吧
在这时间不值钱的地方
太阳一天一个样
夜晚的星星从天而降
诗人就像长舌妇
无中生有　一个嚼舌头
一个嚼星空和人间
有人去爱琴海看落日　有人
把玉龙雪山画了千百遍

2022年12月13日

两地书

夜晚是累倒的白天
情话是物质的母亲
两地的风雨是思念的信笺
灵魂是微紫的轻风
废话是春天的绿
提醒是下课的铃声
生气是瞌睡虫
回家的滴滴儿时的小火车
你穿过街道我的臂弯
两地之间的时空
我们的房间
永久产权证与大地同岁
夜晚是双人床

2022 年 12 月 16 日

致紫微

噢　阴霾就要散去
我亲密的爱人
你最清楚我被病毒如何游戏
我曾经奄奄一息
与枯枝败叶睡在一起
身边满是蚊子
回望七天
我大部分时间哭爹喊娘
一小部分悲伤忧郁
是你
在另一个城市做着我自己
我亲密的爱人
来吧
如果这人间的劫难人人都要经历
请你速速做好安排
快快备好马匹
我康复的怀抱是你今生
永恒的屋子

2022年12月26日

无题

当肉体的疼痛大于
灵魂的忧伤
请你稍等
御驾亲征的女王
康复为妙
十二月的南方
无法为你加冕
雪白的王冠
才刚刚
撒下几粒碎屑
手握房间钥匙的人
双手插进裤兜

2022年12月27日

我是风暴中的父亲

你是我活着的母亲
假如今夜风暴横行
你会出征
为了找寻父亲
无论付出多么大的艰辛
有时候
寒冷往往和天气无关
甚至相反
今夜
你一定睡不安稳
因为你是我活着的母亲
我是风暴中的父亲

2022 年 12 月 31 日

我是天空的苍白无力

我不是博尔赫斯
我只是博尔赫斯的读者
雪莱是天空的养子
我是天空的苍白无力
一个人赶路
一个人写诗
夜晚才是我的福祉
那些杰出的诗人
使别人的困境得到解决
嗨　哥们儿
请放下我们心中的
雕虫小技

2023 年 1 月 8 日

白沙

啊　变幻无穷的天空
多愁善感的蓝啊
一日三变
早寒　午热　夜冻
你是谁家美娇娘
把美丽的云朵卸下又穿上
瞧　为你打卡的姑娘们
一拥而上

2023 年 1 月 13 日

看见孩子

看见小时候的自己

双眼　三分躲闪七分胆怯

勇敢　随风飘散

这片土地　还是太迟钝

这片山水　一年四季

分不清轻重缓急

慢慢悠悠　像一头老牛

我高天流云的父老乡亲啊

烤火　吃酒　晒太阳

人生去了四分之三

2023年1月28日

因为你

如果大地是天幕
这个小镇
就是某一朵云

春天年年来
写春天的诗人
在秋天离开

如果你不曾爱过
那么
这一次
终将刻骨铭心

如果城市
在人群中孤独
那么村庄
将被飞鸟
唤醒

2023年1月29日

无题

一生从未走出过村庄的老人
这一次
她要出一次远门
永不再回来
另一个世界
我们谁都没去过
我们
前仆后继
正如当初
我们谁也没来过这个人间

2023 年 1 月 30 日

无题

我坐了半天
并没有写出一个字
因为爸爸
老得太快了
诗不值钱
光阴是一条长长的皮鞭
驱赶一切
老人的酒杯
孩子的玩具
青年人的梦想
我只求
余生
把一个馒头做好
把一行诗
写完

2023年2月1日

爱是信仰

你和春风一起来
轻如雪花
却能落地生根
迟
含苞待放多个春天
一把精美的锁
在等唯一的钥匙
从偌大的城市
到针尖上的村庄
爱是信仰

2023 年 2 月 12 日

无题

我突然害怕热闹起来

害怕到有心理障碍的程度

就在这一年半载之间

快速堆积

像一场茫茫大雪

越来越厚

压得我喘不过气

窒息感随时袭击着我

只想逃

变成一本书

躲在废弃的旧书柜里

宁可让虫来啃食

不要有人

翻开

2023 年 2 月 13 日

致你

夜晚飞奔的孩子
带着海水的味道
回到一条江里
客居的城市
河流古老
没有涛声只有眼睛
巨大的码头
我们是五颜六色
的货柜

2023 年 2 月 17 日

无题

夜晚是燃烧的火焰

从旷野归来的人

丢了猎枪

平凡人荡气回肠的浩大工程

和光荣梦想

和一只蚂蚁在某个下午

搬回一根骨头没有区别

人生如此漫长又如此短暂

还未到站

乘客老旧长发凌乱

2023年2月18日

无题

爱人啊
在一起的时候
就要
黏黏糊糊分不清东西
昨夜梦里
龙卷风纠缠一条船
醒来
隔山海
两条落差巨大的河流
发出各自的声响
半糖主义
的魂魄
清洗身体
我是割麦子的农夫
你是春天的
花开

2023年2月20日

无题

不要追问时间的味道
徒劳的燃烧没有任何意义
奔波奔忙导致的迷茫
是否该送你一句“活该”
假如你是我
“夜晚的笛声响起
世界在酣睡中吟唱”
晚安吧　醒来继续前行

2023 年 2 月 28 日

蝴蝶
脆弱的生灵
纳博科夫的命根子
皇帝爱长安
我爱馒头
三月的美好
燕子知道
愿爱情像纳博科夫的长句子
流亡的人
在蝴蝶翅膀上
度过一生
常人眼中普通的粮食
于我
是伟大的馒头
我的异乡
我的血

2023年3月1日

开花

她在地铁里开花

摇头晃脑

从心底升起来的春天

给自己一个炸裂的脆响

下车　出站

五六百米的玫瑰大道

灵魂铺就

我们给植物命名

我们给春天命名

我们有时候

看见美好　不用眼睛

真正的爱情不是

一生只爱一个人

而是当你在爱一个人的时候

春天的花

都开不进来

2023 年 3 月 3 日

无题

回忆的午后像忧伤的月亮
挂在清晨的山岗
北方的来客
并无雪花的寒意
当玫瑰花瓣在你口中复活
爱情从天而降
那些诗意的话题
我们是低空翻飞的云朵

2023 年 3 月 8 日

社恐

我是那件半干的衣服
晾在屋外
潮潮的　凉凉的
听两朵云讲它们之间的日常
越听越潮　越听越凉
决定独自回到屋内
慢慢阴干

2023 年 3 月 18 日

三月二十一日

八百年前的波斯诗人鲁米
经历一场中年精神危机之后
开始诗歌创作
我的诗篇是我的贫穷
你的咖啡敬你的迷茫
朋友们　我们绝大多数人
还得靠双手养活自己
今天是世界诗歌日
也是世界睡眠日　太阳直射
春分啊　叫我如何
睡得安稳

2023 年 3 月 21 日

无题

一波未平一波又起
生活像一片桑叶
而蚕宝宝们白白胖胖身体棒棒
倒不是每一秒
都疼得死去活来
而是每一次都借疼痛
涌出平日的悲伤

2023 年 3 月 25 日

玉龙雪山

我只有看着你的时候
才如此卑微
我们又在谈论你
喋喋不休
少女按快门的手
越过雪峰
想把你完整地拍进来
天晚了　怕你冷
选好的角度
放弃了
那四根生硬的电线
怕你疼
哎
这孩子　非得把我拍进去
怕你孤单

2023 年 3 月 26 日

无题

时间是沉默的智者
再黑的夜也有缝隙
经历是一颗颗饱满的麦子
天空拥有万物
我是大地的情人
来吧　这一切
必将让我更加结实坚韧

2023 年 3 月 29 日

门

痛苦无门何须锁
钥匙精美一朵云
你呀　天生一行残缺诗
美在残缺妙在诗
来吧　推开明镜之窗
大江横卧山峰耸立
一把刻刀一支笔
方寸之间纵贯千年
你的痛苦你的王国你的人生
爱人是一座花园
江湖　一阵风

2023 年 4 月 4 日

礼物

院子弄完了

一块青砖

推开春天之门

满地青砖

夜晚的

月光之床

我们将要在您的礼物之上

劳作

并写出我们

生活的诗

正如遥远的先民们

因为

播种和收获

因为爱

才有了《诗经》

2023 年 4 月 7 日

有一种美叫丽江

高天流云　地淌大江
有一种生活叫云南
有一种美叫丽江
让爱世界的人去博爱
我独爱我当下生活的故乡
清晨的阳光在雪山飞翔
不要问我幸福的模样
凉爽的夜晚读李白
让他大笑出门去
我辈只做丽江人

2023 年 4 月 10 日

无题

我害怕这样的朋友
只抽烟不喝酒
情绪控制不自由
明明只是一股青烟
却要当成整个宇宙
心魔像江河泛滥
成年人
请不要再这样惯着自己
会伤了你的
左右手

2023 年 4 月 11 日

我的玫瑰馒头

我完全生活在一个馒头里面了
它的一切就是我的一切
我把书柜穿上厚衣裳
活下去是一切当务之急
如果不能让玫瑰第二次怒放
我就不配拥有爱情

2023 年 4 月 15 日

无题

"春天来了"
听到的人很多
见到的人很少
再见吧
四季
我们大多数人生活
的春天与季节
无关

2023 年 4 月 16 日

我在程海读诗

我在程海读诗
放眼是天然的堤坝
平缓的长长的抒情的山岗
朦胧没有眼睛
想喝干湖里的水
天上射下来一束光
海水复活

2023年4月18日

小馬过河

有 态 度 的 阅 读

微 博 小马BOOK
公众号 小马文艺
小红书 小马book

抖音 小马文化
淘宝 小马过河图书自营店
微店 小马过河图书自营店

全案营销 小马青橙工作室

投稿邮箱 xiaomatougao@163.com

图书在版编目（CIP）数据

我在白沙做馒头 / 另一只猫著 . -- 北京 : 华龄出版社，2023.10

ISBN 978-7-5169-2609-3

I. ①我… II. ①另… III. ①诗集 - 中国 - 当代 IV. ① I227

中国国家版本馆 CIP 数据核字（2023）第 177529 号

我在白沙做馒头

作　　者　另一只猫
出版策划　冀　晖
责任编辑　梁玉刚
责任印制　李未圻
策划监制　小马 BOOK
内文制作　许萍萍

出版发行　华龄出版社 HUALING PRESS
地址　北京市东城区安定门外大街甲 57 号
邮编　100011
发行　010-58122255
传真　010-84049572
承印　定州启航印刷有限公司
版次　2023 年 10 月第 1 版
印次　2023 年 10 月第 1 次印刷
规格　787mm × 1092mm
开本　1/32
印张　8.75
字数　100 千字
书号　ISBN 978-7-5169-2609-3
定价　69.80 元

版权所有，侵权必究
本书如有破损、缺页、装订错误，请与本社联系调换